夜更けの椅子

遠野魔ほろ

思潮社

夜更けの椅子

遠野魔ほろ

思潮社

夜更けの椅子

遠野魔ほろ

目次

装画＝フィンセント・ファン・ゴッホ「木の習作」
装幀＝思潮社装幀室

夜更けの椅子

*

裏庭

秋の裏庭　と題した一枚の絵
画家が知人の家の庭を描いたものだ
だから知っているのだが
ここは裏ではない　れっきとした表の庭
でも　裏という言葉をまとって
庭は日差しのもとでやすらいでいる
コスモスや薄のこんもりした繁み
垣根の下にはすこし枯れかけた雑草

子供がくれば
花はその手に惜しげもなく花びらを降らせ
無遠慮な虫のふるまいには
おだやかに首を振る

自分では表だと思っていたものを
誰かがこんな風に
ふと裏返してしまうことがあるものだ
自分でも見たことのない裏庭を
見せてくれる誰かの手

そこに椅子ひとつ

同居人

一人きりの部屋に　いつのまにか
椅子が住みついていた
ある晩ドアを開けたら　部屋の隅からそっと
目くばせしてきた
一本の足先が少し欠けていて
座るとカタコト痛々しい　だから
座るのはやめて　ならんで床に腰をおろし
肩をもたせかけるだけにした

それでも十分くつろげるし話をするにはちょうどいい
ある晩　帰ったら
椅子に男の子が座っていた　床に薄紅の小さな花
その子が目くばせする
小さな椅子だけれど二人で座るには十分
足もカタコトいわないし
　この花覚えてる　庭に咲いていた
　あの庭に帰る道を忘れちゃって
　ずっと川遊びしていた
私も思い出した
帰り道で迷子になって
ほんとはずっと迷子のままなんだってこと

三つ目の椅子

やあ　しばらく
なにくわぬ顔でかたわらに立った人
二つ並んだ椅子には知らんふり
こわきに抱えた椅子を広げて
ちょっとおしゃべり
まだ日は高いのに
じゃ　これで

ついでに時間もたたんでたち去った

待ちぼうけがとり残されて
途方にくれて顔を見合わせている
椅子であることをやめたいけれど
いまさらテーブルにもなれない
折りたためたらよかったのに
ぶかっこうな沈黙も小さくまとめて
もち去れるように

たたみきれない時間の広がり
もう一回
足を踏んばって背を伸ばす
わたしの形をたしかめる　座りなおす

風がはこぶ雨の匂い
どこか遠くで激しく土をたたく雨に向かって

椅子の夢

窓辺の椅子のうえ
籠に盛られたひまわり
タヒチの海風にすこし青ざめている
椅子は花を抱きしめながら
思い出している
ならんで陽をあびていたあの遠い窓辺

ほんのわずかの間だったが

いっしょに人を待ったことがあった
祭日の空のような晴れやかさ
　油絵の具も匂っていた

すわった人が去ったあとのぬくもり
夢に見るのは　ひまわりと原色の海
のこるのは待つための時間
遠ざかるための時間
寄せては返し　引いていく汐

椅子のうえに砂時計の砂がさらさら落ちて
小さな砂丘をきずいていく
砂がすっかり落ちきったら
てっぺんに一つの言葉をおこう

おかえり　と

＊ゴッホはアルルでゴーギャンはタヒチで、お互いのための椅子を描いている。

昔なじみ

窓辺に古い木の椅子
久しぶりに座ったらかすかに軋んで
　足の継ぎ目のところが痛むんだよ
そうか　椅子だって年をとる
でもあと少しは四本の足で立っていられるだろう
　長いこと一人で月を見ていた
　あの青白い光は体を冷やすんだよ
あちこちの椅子に腰かけてみたが

どれも座り心地がわるかった
　昔のように座るといい
　足を伸ばして背中をもたせかけてごらん
　　抱きとめているから

温もりをとりもどした木肌が柔らかい
背もたれに体をあずけ　手をうえに伸ばす
大きくひろげた指のあいだを風がとおり過ぎる
月が明るい
床に影をつくる一本の木　ためしに
そっと揺れれば　あたたかく
体をめぐりはじめるひとすじの樹液

白い花

欠けた歯がいっぱいに喉をふさぐ
息苦しさに目がさめた
ほっと息をついて舌で口のなかをさぐる
ざらざらした感触が残っていた
さっきまで歯がみしていたのだ
きしきしするたびに歯が抜けて
あとから　あとから歯が生えてきて
口いっぱいになり息がつまりそうになった

昼間　エゴノキの花をみた
甘い重苦しい匂いの白い花びらが
根元を埋めつくし
木は雨風にゆすぶられて
たえまなく花びらを落とし
六月の雨に
それは白い骨のかけらを思わせた
夢のなか　私は吐きだしていた
いくら吐いてもわき出てくる何か

倚子の上につもる白い花

置き土産

窓辺に小さな椅子をおいたら

通りすがりの雲が
雨粒になってすわりに来た
風が花びらを一枚
小鳥が音符をいくつか落とし
椅子は小さくタップを踏んだ
夕焼けに染まった窓

家に帰りそびれた子供が泣いて
椅子もそっと涙を吸いこんだ

夜更け
月がすわって空を眺めていた
青白くひんやりした光の水たまり
泣きねいりした影を残して
わたしは窓辺をはなれた

うしろでふいに誰かが
ため息をついた

*
*

卵

しばらく前から身の回りで
卵を見つけるようになった
たまにだけれど　朝
まくらの横に丸いものがある
暗い部屋　パソコンの上で白く光っていたり
スリッパに入っていたときには
危うく踏みつぶしそうになった
生みたての温もり　拾ってカゴに入れ

勝手にかえらないように
窓辺の椅子で冷たい風にあてておく
カゴいっぱいの卵
ある朝　風に吹かれて空に舞いあがった
くるくる回るいくつもの虹
シャボン玉

光に射ぬかれ　はじけて昼の星
青空につぎつぎに星座があらわれた
その物語を読みとくためには
長い夜を待たなければならない
殻のなかでじっと待たなければ

影

花は花びらだけ　木はそれ一本だけの夜
を　吸いこんで影になる
大きな影のなかに　名前をなくしたさまざまな影
土にさしのべている根のことを忘れ
やすらかに浮かんでいる
明かりを消して窓を開けると
私の内から影が
誘われるように　にじみでて

外と内がおなじ暗さになったとき
浸透圧のバランスがとれて
私は私の形をたもったままの影になる
暮らしを漕ぐペダルから足をはずして
夜に浮かび
中空にただよう
が　無数の影たちを浮かべている
大きな暗いテントの両端は
空のどこかで高々と
つなぎとめられているのではないか
いつか切って落とされるために

ボール

川面に白いボールが踊っている

ひとところ川床が落ちこんで渦を巻いたあたり
水の中から何本もの白い手がのびて
小さなボールを転がしたり投げあげたり
波は笑い声をたていつまでもボールを取りあっている

どこかずっと上流の堤の上に

流れを見つめて立っている子供がいるだろう
あっという間にボールを運び去ってしまった波
手に残る丸い弾力に泣きそうになっている

夕風のひと吹きで渦からのがれたボール
流れにはこばれながら小さな温かい手を思い出す
丸っこい手とはずむ息をそっと抱えて
漂いくだっていく

子供はこれからいくつボールを失くすだろう
そのたびに悲しみの切り口は新しく
決して慣れることはない
ボールと一緒に流れ去ったものは
いつか忘れるとしても

わたしの手にもボールが一つ
もうしばらくは失くさないように抱えていよう
川にそっと流しやる時がくるまで

桜

暮れ方のひととき
うす紅の渦がほぐれ
一輪ごと　花は影を深くする
これまでたくわえてきた色を
いちどきに吐きだすように

風

枝を揺らし
花に分けいり
さいごの息をすいとって
花びらをひとひら　ひとひら
いつくしむようにときほぐし
胸に抱きとって流れてゆく

花びら

解きはなたれて
ひとひらの色と形
重さをとりもどし
なごりの光にただよい
やがて　地に落ちる

夕やみにほの白くうかぶ春のめぐり
土のうえにきざまれた一枚の花びらにも
ひとゝせがある　と

梅雨明け

雨の止み間を縫うように蟬の声
切れ切れの糸をより合わせ　より合わせ
千切れた夏空をつづり
薄青い雲がたよりなく揺れる

長雨に膿んだ土の下からはい出て
まだ濡れている幹にとりつき
泥まみれの殻を脱ぎ捨てて　今
寄せては返す大気のさざなみ
体は木の下闇においてきた

頭の芯にこだまするいくつもの声
重い体を脱ぎ捨てて　透明になった人たち

耳の奥に刻まれている声のかたち
鼓膜でゆっくりなぞりながら
一緒になつかしい話をしている
そんな梅雨明けの日

曼珠沙華

初秋の雨上がり
川の向こう岸がひとところ明るんでいる
赤い花が二輪　身を寄せあって
風が立ち　花がかすかに揺れる

　きれいですね
肩ごしに声がして
　ええ　ほんとうに

振り返ると　だれかが橋を渡っていった

もうそんなときなのだろうか
あたりの空気はまだ温もりを残しているが
夏草は力なくうなだれて
川は足どりも軽く
海へと流れ去っていく
時をはかりかねて佇む橋のたもと

ひとすじの夕日が射し
曼珠沙華のまわりをめぐっている
いくつもの秋

おしろい花

川の堤におしろい花
瀬音にうなずきながら
水に暮れてゆく空を見つめている
ほのあかりに浮かぶ花
土をつかむ根　つなぎとめる茎をはなれ
羽ばたく
白とうす紅の無数の蝶
昼と夜のあわい

帰ってもいい　帰らなくてもいい　つかのま
橋の上から見つめる
蝶の群れでかくれる細い流れ
渡ってもいい　渡らなくてもいい
この川
たそがれてゆく

誰か堤を歩いていく
振り向いた　ほのかに白い顔

秋海棠

はじめての夏休み
川底で青空を見あげたまま
白い水泡の下から
浮かびあがってこなかった男の子

線香の匂いが流れる庭
白いブラウスのきれいな先生が泣いて
秋海棠が揺れていた

緑の葉陰に小さなうす紅の花

赤い花軸は　かすかに酸い味がして
口に含んでは散らした
草の上の花のうす紅

あれからいくつもの夏休みが過ぎたのに
わたしは何を知っただろう
小さな花の美しさよりほかに

夜景

風景が夜のなかに沈んでいくと
波音がたかくなり

暗い内海の底から
　ゆらゆら
浮かびあがってくるものがいて
　おかえり
と　出迎えるものがいる

片われ同士ひとつになって
波間を浮きつ沈みつ
岸辺のみえない安らかさに
あてどなく

透きとおった体に
昔みた風景を
蜃気楼のように浮かばせて

淡く発光しながら
漂っている
海月

あたたかい潮なりにゆれる
わたしの揺りかご

河の道

夕闇に　ひっそりと
高くなる川音

風景が消えると身軽になれる
丸い石のならぶ川床を
らくらくと

輪郭もおぼろになった過去のつらなり

水の触手をのばし
消えかかった河道《かどう》をさぐる

ときおり波がたち
尖った石に切り裂かれて
白く裏がえる心

時の流れの底に突き刺さったまま
わたしを待ちかまえていたもの
記憶の水があふれて満たす
河道

痛みをたどる流れのさきは
みなもとへ

私はそこにいたことがある

*
*
*

明かり

秋の暮れ方、木枯らしの吹くバイパスの急坂を自転車を押しながら上る。左右の茶畑から土ぼこりが舞いあがる。傾斜がやや緩やかになったあたりで、左手の住宅地を通る細い坂道に入る。周囲は急に暗くなり、行く手には、白っぽい街灯がぼんやりとゆるい上り坂にそって並んでいる。しばらく行けば家にたどりつく。ゆっくり自転車を漕ぎながらふと前を見ると、坂を上りきった辺りにひときわ明るく、オレンジ色の光が輝いているのに気づいた。あんなところに何かあったろうか。

華やかな光は、道のずっと向こうまでつづいているように思われる。光に向かってペダルを踏んでいると、そのなかに輝く街並みが浮かびあがった。きらびやかなショーウィンドー、美しく着込んで行き交う人々。さまざまなコートの色を映すガラス窓。

しかし、いったいこの坂の上にそんな街並みがあったろうか。風は乾いて冷たく、吹き散らされた枯れ葉は、車輪の下でかさかさ音をたてる。しばらく思いめぐらすうちに、坂の上の青果店の明かりだと思い当たった。店先に電球がいくつか下げてある小さな青果店。あの華やぎはたった数個の電球が作り出しているのだ。

ずっと以前から見慣れているはずの夕暮れの光景。何年もこうして、坂道を自転車で上り、店の電球はいつも坂の上で光っていて、柿やみかんをつやつやと照らしているのに。

店の明かりだとわかってからも、オレンジ色のおとぎ話めいた光景は坂の上に浮かんでいる。蜃気楼をそのままに、わたしは家につづくさらに細い路地を下った。

しばらくたって小さな店は店仕舞いしてしまったけれど、いまでも木枯らしの夕方、暗い坂の上にふとオレンジ色の輝きが浮かぶことがある。

そんなときは、揺れる光が消えないように、風からかばいながら持ち帰って、そっと部屋の灯しにする。

風

山道を歩く。道はなだらかに、山の中腹からゆっくりと峠に向かって上っている。ずっと上のほうで木々の葉がざわざわゆれる。風が丸い固まりになって、梢を吹きすぎていくのが見える。

青旗の木幡の上をかよふとは
　目には見れども直《ただ》に逢はぬかも ＊

わたしは一人で山道を歩きつづける。枯れ葉の積もった土は靴裏に温かい。耳もとには風の音。歌のこだまを追って、気がつくと峠。かなたには盆地をかこむように山々が連なっている。

夕日が山肌に照り映え、稜線が茜の空に浮かんでいる。遠い面影。手を伸ばせば届きそうで、しかも手の届かない彼方から風は渡り、わたしの上を吹き巻いてゆく。耳を澄ませる。遠い歌。

風が冷たさをまし、時を知らせる。空は鮮やかな橙色を失い、稜線は影絵になる。ふもとの盆地には靄がただよい、早くもくらい影におおわれていく。影にせかされて、峠道をくだる。ひとりぼっちの心細さに懸命に足を運ぶうち、峠に置いてきてしまったものがある、と思う。何を置いてきたのだろう。いつかまた訪ねてみたら、それが何かわかるだろうか、と。

＊『岩波古典文学大系　万葉集　巻第二』一四八　天智天皇死去のさいの皇后の歌

遠野

夢のような情景というものが、もしあるとすれば、数十年もまえに遠野で出会った秋祭りがそうである。青空と明るい日差し、色とりどりの祭りの衣装の輝き。その細部まで思い出そうとするとすべてがあいまいになり、虹が薄れていくように、ぼんやり霞んでしまう。そして、雨上がりの空にいつのまにか虹がかかるように、記憶の彼方にふたたび鮮やかに浮かびあがる。

わたしは、ちいさな山の中腹にある神社の境内の片隅に立っていた。境内を囲む林のさらに上で空がぽっかりと青い。麓の方からお囃子の音が響き、長い参道をつぎつぎに獅子舞の連が上ってくる。細く曲がりくねった参道を獅子頭を振りたてながら進み、境内につくと、拝殿のまえで獅子たちが舞う。一つの連が舞い終わると次の連があらわれる。近在の村々総出の祭りらしい。青空の下で赤や青の衣装がゆれ、目の前を流れすぎていく。激しく、そして沈潜したリズム。どの連も同じようで、みんな違う。獅子が舞っている。長い毛を振りあげ、わらじ履きの足が地面を強くたたき、土ぼこりがあがる。獅子が高くはねると、衣の下から日焼けした手とがっしりした足がのぞく。暑さと土の匂いに息苦しくなってくる。舞い終わると社殿の前に並び獅子頭をとる。獅子は人の姿にもどるが、目はまだ憑かれたように中空を見ている。

ゆっくり拝礼し社殿に背を向けると、静かに人の目にもどり境内を去っていく。習い覚えたばかりの「メタモルフォーゼ」という言葉がふいに心に浮かぶ。

境内の真ん中では三人の娘が神楽を舞っている。少年のような凜々しい出で立ち。深く烏帽子をかぶり、あごにかけてひもで結ばれた頬の丸みが痛々しい。袴の裾をきりりとしぼったわらじ履き。真っ赤なたすきの蝶結びが背中でゆれる。娘たちの体がいっそう小柄にみえる。お囃子の笛や鉦にあわせてくるくると回り、互いの手にした扇がふれあうほど近寄るかと思うと、後ろに飛びすさってまたくるくると円を描く。烏帽子の垂れがゆれ、紅潮した頬を打つ。額から汗がしたたる。一曲舞い終わると柄杓の水が渡される。柄杓に口をつけ仰向くと白いのどがかすかに動く。介添えが手ぬぐいでそっと汗をぬぐう。その間も目は舞の庭に向けられて動かない。ふたたびはじまる神楽囃子に引き寄せられるように輪を描きながら、踊り手の体は急調子に躍動し、烏帽子のかげで目が黒く輝く。娘の目とは思えない力に満ちた輝きにわたしは引きつけられ、ほとんど恋に似た気持ちで見つめている。

祭りがどうやって始まってどうやって終わったのか、前後のことは覚えていない。それに、本当にあんな遠野郷一帯の総出の祭りがあったのだろうか。その後、遠野を訪れたとき人に聞いてみたが、はっきりしたことはわからず、なんだか狐につままれたような気がした。それともわたしの心の中で、いくつかの祭りが一つのものになってしまっただけなのだろうか。しかし、祭りの情景は初めから一連のものとして長く心にとどまっていたし、わたしがその時学生で、夏休みにバイトで貯めたお金で、休みも終わりかけた九月に岩手に旅をしたのもたしかなことだった。

狐の嫁入りの温かい雨が日に輝いているような、遠い記憶である。

あとがき

もうずいぶん以前のこと、疲れて自室でぼんやりしていたとき、急に部屋の物を片付けたくなった。あれもいらない、これもいらない、と頭の中で消していって、最後に椅子が残った。床に座ったり、寝転んだりすれば、椅子もいらないが、それではがらんとした部屋で落ちつきが悪く、立ったり座ったりするだけだろう。

子供のころ、よく椅子取りゲームをやった。みんなで大騒ぎしながら椅子を取り合って、そこからはじき出されたときは、なんとなく寂しかった。単純なゲームで椅子が取れなかったからといって、寂しがることもないのだが。座っている子供達の輪に囲まれて、うろうろしていた自分の姿が目に浮かぶ。

それ以来ずっと、学校や仕事場で、いくつもの椅子に座ってきた。それはみな時々の借り物、他の人たちと交代で使う椅子だった。グリム童話に、椅子がお婆さんのお尻にくっついて離れなくなってしまう話がある。欲張りの老夫婦に神様が与える罰なのだが、言葉の椅子を考えるといつも、この童話を思い出す。

この詩集刊行に際し思潮社の遠藤みどり様、装幀の和泉紗理様に本当にお世話になりました。ありがとうございました。

また大阪文学学校で出会った多くの方々に心からお礼申し上げます。

遠野魔ほろ

遠野魔ほろ（とおの　まほろ）

一九五〇年生まれ。埼玉県入間市在住。
三十年間日本語教師をつとめたのち、大阪文学学校通信教育部にて詩を学ぶ。
詩誌「月の村　壱番地」同人。

夜更《よふ》けの椅子《いす》

著者
遠野魔《とおのま》ほろ
発行者
小田久郎
発行所
株式会社思潮社
〒一六二—〇八四二　東京都新宿区市谷砂土原町三—十五
電話＝〇三（五八〇五）七五〇一（営業）
〇三（三二六七）八一四一（編集）
印刷・製本
創栄図書印刷株式会社
発行日
二〇二一年十月二十日